Conception graphique : *claire!*
© Talents Hauts, 2009
ISBN : 978-2-916238-67-8
Loi n° 49-956 du 16 juillet 1949 sur les publications
destinées à la jeunesse
Dépôt légal : octobre 2009
Achevé d'imprimer en Italie par ERCOM

Hello, Doctor?
Allô ? Docteur ?

Une histoire de Mellow
illustrée par Pauline Duhamel

3

8

11

14

19

23

25

ATISHOO

39

41